sobre o mar, amar, amores e marés

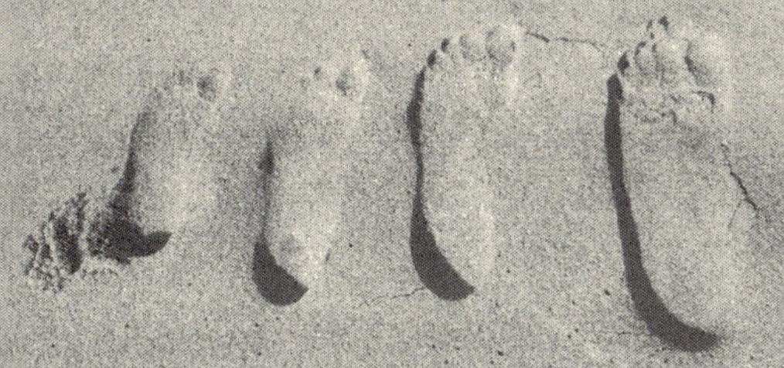

Rara Publicações

ANGELO MARCOS PAVAN

SOBRE O MAR, AMAR, AMORES E MARÉS

SOBRE O MAR, **AMAR**, AMORES E MARÉS

SOBRE O MAR, AMAR, **AMORES** E MARÉS

SOBRE O MAR, AMAR, AMORES E **MARÉS**

Criação: Angelo Marcos Pavan
angelomarcospavan@gmail.com

Projeto Gráfico: Landini Design
Diagramação: Landini Design

Pavan, Angelo Marcos
Sobre o mar, amar, amores e marés | Angelo Marcos Pavan. — 1. ed.
São Paulo: Rara Publicações, 2024

160p.; 14 x 21 cm
ISBN 978-65-00-86680-3
1. Poesia brasileira I. Título.

Índice para catálogo sistemático:
1. Poesia: Literatura brasileira B869.1
Aline Graziele Benitez - Bibliotecária - CRB-1/3129

SOBRE O MAR, AMAR, AMORES E MARÉS

SOBRE O MAR, **AMAR**, AMORES E MARÉS

SOBRE O MAR, AMAR, **AMORES** E MARÉS

SOBRE O MAR, AMAR, AMORES E **MARÉS**

SOBRE

O MAR, AMAR, AMORES E MARÉS - o livro -

é exatamente isto:

um

navegar.

Boa viagem.

Su(b)**mar**i(n)o

Apresentação

Por Sérgio Nogueira

Foi com muita satisfação que recebi o convite para participar de "Sobre o mar, amar, amores e marés", apresentando o autor e sua obra.

Do Angelo Marcos, o "Marquinhos", meu primo, posso dizer que é a pessoa mais talentosa que já conheci, em lidar com as palavras e sentimentos, ao escrever e sentir, transpondo e permeando uma à outra.

Acompanhei desde o início os seus primeiros passos na arte que é escrever poesia; a volúpia com que escrevia, a necessidade que tinha de aprovação, a insegurança (de saber se havia conseguido fazer-se entender ou dar o sentido que queria), a ânsia de um retorno, uma opinião. Enfim, tudo que acontece ainda hoje, mas com a diferença de que sua poesia mudou: mais amadurecida, rica (na forma e conteúdo), em plena busca de completude.

Foram muitas as trocas (enquanto eu escrevia uma poesia a muito custo e suor – e cerveja – recebia 5 ou 6 e não conseguia absorver tudo aquilo), e eu na minha limitação de entendimento, de compreensão da amplitude das suas poesias, me esforçava para dar-lhe o retorno que precisava, uma opinião, um parecer.

Não sei se isso ajudou, se consegui captar toda a dimensão de sua poesia, para dar uma opinião mais qualificada. Aliás, muitas vezes deixei de dar um retorno, porque me sentia incapaz de analisar algo assim tão maior do que podia assimilar.

Há muito tempo, não escrevo nada, mas tudo o que compartilhamos foi (e continua sendo) muito importante pra nós. De alguma forma, acho que tive participação em sua trajetória, e "Rosa cor de rosa" talvez tenha tido alguma influência em sua poesia. Quem sabe?

Ao navegar nas páginas de "Sobre o mar, amar, amores e marés" o maior risco é avistar uma grande inspiração para nossas vidas, um mergulho na nossa alma, ou sentir transbordar nosso coração.

Ressalto, sobretudo, poesias como "Todo", "De janelas fechadas", "Um tal substantivo coletivo", "Sonho a dois", "Minhas duas outras mães", Forma e Conteúdo", "Miguel", "Maria Eduarda" e "Menino e Menina".

É tão necessário e essencial que, no mundo e vida caóticos que vivemos, tenhamos pessoas como ele, que encontra espaço, tempo, oportunidade e inspiração, para nos brindar com palavras, páginas e poesias tão cheias de luminosidade, pois como diz em uma de suas poesias:
"Subtrai a poesia, e se ainda se obtém a vida, é só a vida à deriva".

Toda minha admiração, e um grande abraço, de seu sempre fã,
Sérgio.

1. **Sobre o mar**, amar, amores e marés

O mar – água em movimento – abriga mudanças e transformações; momentos de tormenta e calmaria no giro do tempo; transição entre isto e aquilo; o ser e o vir a ser e o já ter sido; o altar, o esconderijo, o recanto de fantasmas e anjos; reflexo e reflexão, cantos de sereia, uivos de cão; escada, estrada, paisagem-passagem; lar e reconhecimento do hóspede-hospedagem.

Morte e vida anônima

Pode até ser uma montagem
Mas não é uma mentira
Um filme em versão dublada
Para uma língua não surgida

Uma dessas tragédias idas
Contidas nas canções que fazem chorar
Ou nas fotografias em preto e branco
Simples, para melhor se explicar

Pode até não ser quente
Mas queima os dedos ao tocar
É um peso difícil de erguer
Por ser difícil de enxergar

Um quadro raro e caro, caro e raro
(como o coelho da páscoa ou o papai Noel)

Pode até ser mímica
Mas não por ser muda

Pode até ser cordel
Mas não por questão geográfica

Pode até ser poesia
Mas não por instrução e técnica

Talvez vento,
talvez poeira.

Um susto.

Um cisco
no olho.

Um vulto
daqueles que se imagina no escuro.

Sim,
uma imaginação (não um pensamento).
mas daquelas bem imaginadas
que só as crianças conseguem imaginar.

Das questões pessoais

O que mais incomoda?
a imagem
ou
o espelho
que a

?

Hesitação

Lê?
o tremor deste verso
no temor do avesso?

Vê?
o pavor deste texto
na textura que teço?

Sente?
a febre nas palavras
a lava que lambe
as pernas da vida
que lá já vai ao longe,
estrada afora,
e que anuncia,
(alheia) e cria,
de novo,
já outro amanhecer
enquanto escrevo e viro as páginas?

Sempre tento,
tanto é que termino e recomeço nas reticências.

O doce e o sal do mar

É bonito rimar
onda vem e onda vai
mas há ondas nesta vida
que levam coisas que não voltam mais.

É triste rimar
quando os barcos não voltam ao cais
mas há ondas nesta vida
que levam coisas que não nos servem mais.

O poste

Segura a luz entre as mãos
ao mesmo tempo em que atrai
os insetos que voam sem direção

Inútil ao sol,
nos cabelos, imagem e som,
distintas fases de tensão.

Condutor de progresso
Apontando para o céu
Intruso vertical de acessos
Ativista anti-breu

(quase sempre falha)

No jogo da forca, em cabos de guerra
Contra réus e rodeios de rabiolas
Com o nariz no céu e os pés na terra
Encerra a eletricidade, invisível gaiola.

Árvore de mentira com galhos de mentira
Mas abriga pássaros por uns momentos

(pode ser bonito, às vezes)

Dos braços nus o fogo cospe
Mas é rima sem nome e sem rosto
Talvez seja só um poste,
Talvez seja eu no meu posto.

Da convivência

Quando me vejo da janela
quase parto em resgate
mas arremeto.

sou velho reflexo, um novo arremedo
outro parto postergado
deste ser procrastinado

que se acostumou a não diferenciar
um triste céu cinza nublado
de seus cabelos já grisalhos

de idades e pensamentos misturados.

Toda vez que me olho pela janela
quase parto em resgate
mas me calo,
e quedo
quieto,
parado,

sem saber se valho a pena.

Marinheiros

somos nós feitos de nós

Neologismo geográfico

Perto do mar,
    sinônimo de nostalgia
    é
    sal da de.

Improviso

Procura nos bolsos
e dentro do peito
a saída do poço
um dia perfeito

Olha pela fechadura
pelo fundo furo na pele
e vê o dólar real e furado

à altura dos ombros
o chão e o calcanhar
ao alcance das mãos,
o assombro de uma flor a despertar

O sol nasce e ali encontra

um meio sorriso,
sorrindo por inteiro
um mero improviso
meio triste, mas verdadeiro.

Mas quando o ponteiro dos segundos esgota
o curso curvo de seu tempo,
volto pro começo
recomeço.

Do ceticismo

sigo ainda
acreditando em sonhos,

mas

agora,

somente

enquanto

durmo.

Das goteiras do tempo

Cada gota do agora
enche o copo do futuro

talvez, por isso, clarear ainda demora:

goteja
lento
dentro
deste
tempo
este
momento
tenso
espesso e
e
s
c
u
r
o
.

DNA dos momentos

Antes de lá, aqui
Como a praia precedendo a ilha
A mãe parindo a filha

Antes de lá, aqui
Como o medo gerando o grito
O plano antecipando o rito

Antes de lá, aqui
O caminho num passo a passo ritmado
sem a pressa de ver o futuro virado em passado

Olhar para a alegria e só depois o riso
Considerar o afinal, também o improviso
Reconhecer na viagem uma parte do destino
E que o erro dos homens dorme nos meninos

Antes de lá, aqui
Pra perceber os segundos compondo a hora
Antes de lá, aqui
Pra entender que o amanhã começa agora

Eu, sozinho.

Eu, sozinho, me perco
Eu, sozinho, não presto
cesto de lixo à céu aberto
de onde voam moscas, onde jogam restos

Paredes inviabilizam cores
Jardins recolhem suas flores
apenas ao ouvirem rumores
A lua disfarça o embaraço,
o papel desfaz seus traços
enquanto, sozinho, passo

Sozinho eu sou o resto
do que resta de mim
a menor porção, o chão
de onde saio, pra onde volto, sem fim

Contigo eu passo, olho, estico a mão
e deixo até cair trocados...
Sozinho eu fico, olho, estico a mão
e sinto os meus dedos gelados...

Insisto: eu, sozinho, quase sempre desisto.

NOW

- à deriva.

Mutante II

Com o passar do tempo
que passa o tempo todo
enfileiram-se os meus eus todos

sempre o mesmo
mas nunca igual
nas reticências, nas vírgulas
não no ponto final

teço versos, componho avessos
aqueço credos, esqueço terços
cravo pegadas, raízes, âncoras
casa de vários quartos, corredores, plantas

tempero temporais, tormentas
ontem e hoje, sempre tal e qual
sou aqui, estou além
único, mas etcétera e tal.

Todo

Não me olhe só pela calma que eu tenho
Não me encontre apenas nos passos que dou
Se me quer pelo amor que tenho, não queira
Não tenho só o amor que você acha que sou

Não me compre pela paciência que aparento
Veja a aparência que está por trás do que sou
Se quer me lamber pelo gosto que tenho, não queira
Atrás do gosto que sente, há outro sem sabor

O chão que piso é vário, é concreto, é vidro,
é areia movediça, é cobre, é ferro, é cortiça.

Não leia meu nome numa etiqueta
Não ter etiqueta é minha forma de ter
Se quer saber minha opinião, não queira
Não vou ter, pois, opinião para dizer

Se quer frases de efeito, considere-me só palavras
Se quer a estrada, observe-me nas pegadas
Se quer todo o telhado, absorva-me pela beirada
Se quer arte moderna, encontre-me na antiquada

Espada e escudo

O homem na guerra
sem
arma dura
menos
com
armadura, mais.

Reconstrução

O amanhã nascerá comendo poesia
para despir a lua
para vestir o dia

Se abrirão cortinas, se estenderão tapetes
Pelas retinas, pelos dedos, entre os dentes
De árvores, de sonhos, de sementes
Pra pintar da cor dos olhos minhas paredes

Haverá janelas feitas com o vidro dos óculos
E varais feitos dos cadarços dos sapatos

E o ar que vai encher os espaços, passará pássaro
pelos pulmões, pela pele, pelos cacos
E os olhos se encherão da vontade de ver tudo novamente
como na primeira vez

E ele, ator e testemunha do fato, de fato,
num altar, no alto de um céu de azul qualquer
se verá desconstruindo-se do que não quis ser
para renascer do jeito que quiser

O gosto

Não é egoísmo ou vaidade
querer o que me serve
se eu não te deixo nu

O importante é não perder o passo
e eu sei onde eu alcanço
e o quanto tenho de espaço
se eu não posso mais, eu não forço

Mas não deixo pra mais tarde
essa tarde suave, se depois já anoiteceu.
se depois o que não se vir
só servir pra eu me arrepender

Não é ser covarde dar um passo pra trás
pior é ficar parado
pois nesse compasso sofisticado
perde quem dança apressado.

Não quero nada antecipado
esse prato saboroso, antes do ponto, cru.
se depois, o que se poderia sentir, só servir
pra eu ficar imaginando...
... o gosto.

Palmas

Das mãos que pregam o passado,
Dessas não quero falar, deixo de lado
Eu quero nada que lembre o escuro
Quero falar das mãos que apontam o futuro

Que independentemente do frio da noite
Zelam sempre pelo raiar do dia
Que mesmo sem garantias
Não fogem do risco do açoite

Das mãos que pregam o pecado
Não quero o eco, o oco, muito ou pouco
Eu quero nada que impere o remorso
Quero as mãos que remam com esforço

Que pesam o limite da felicidade
Sabendo onde começa e termina cada cidade
Que preservam toda e qualquer identidade
Em fronteiras livres de patentes, credo ou idade

Pra essas,
as minhas mãos batem palmas.

A curva do rio

Quando salta aos poros
o cúmulo dos acúmulos
recorro ao riso que se ri feito curva de rio

E eu, rio...
...vejo a água correr...
...limpa.

Gulivert

Eram menores, inferiores, os sentimentos inofensivos.
Variações de cinza e escuridão.

Eram ateus os humores, em sortimentos inativos.
Antes, um lugar mínimo; depois, a explosão!

E agora estou melhor,
Em frente ao espelho, me vejo maior:
O que era aquário agora é mar
Onde havia vasos agora há jardins
E não à toa,
os retratos agora são pessoas

Nada é o que parece
quando se espera além do que se deve
A expectativa alimenta a ilusão
A realidade não é rima para a perfeição
Às vezes é a gente mesmo que ludibria a razão

Mas, enfim, estou melhor, pois
eu que era o pouco que havia antes
agora sou o muito que vem depois.

O velho homem do mar

Na ausência do sol,
guiou-se pelas estrelas
e deixou o vento revelar seu endereço.

Viu as ondas que invadiram a praia
apagarem seus traços, seus passos
levarem seu castelo de areia.

Ele entendeu, o velho homem do mar,
que esquecer não é perdoar
e que o horizonte era logo em frente
da arrebentação que precisava atravessar

Então descansou seus pensamentos
No dia que ainda ia nascer
Fiou-se no leme com o formato de sua mão:
Marcas do mar que navega e se chama coração.

E hoje, o velho homem do mar, carrega a certeza
de que o horizonte traz sentimentos incolores
e que as ondas que vão voltam sempre maiores
quando insiste que esquecer é perdoar.

E como todo velho homem do mar
    esta é sua verdade: viver é navegar.

Homem ao mar

Enquanto te escrevo, me invento:
barco deslizando em
águas brancas

Enquanto te invento, me descrevo:
mares de marés
nada brandas

Lentamente,
espaços transformam-se
tormentas e calmarias mesclam-se gentilmente,
mas, apenas e tão somente,
após o violento encontro de águas
despautadas,
desmargeadas,
doces e salgadas.

Nem sempre, no final, entrego uma história.

Às vezes, do papel-barco-à-vela
faço espelho,
espalho-me
em palavras sem cais
sem menos, nem mais
sem oxigênio, remos, pais.

Mas sempre, enquanto texto,
teço-me,
e acabo por salvar-me ao fisgar o anzol
que eu mesmo lanço.

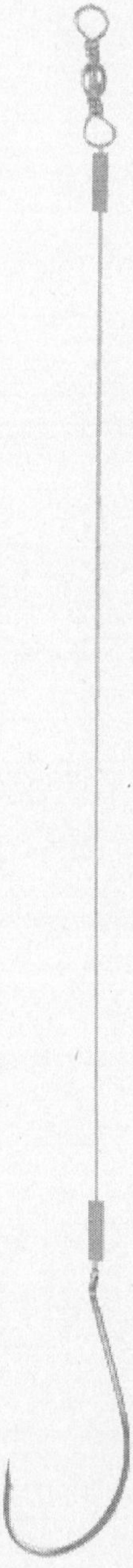

Nascente

Renascer é coisa urgente!

Veja o rio
que vive a nascer constantemente

Para suas águas
é sempre novo o velho curso das correntes

2. **Sobre** o mar, **amar**, amores e marés

Amar – a vida em movimento – é a coragem da aceitação de semelhanças e diferenças, diferentes santos e crenças; saber que a construção do outro segue alheia às suas réguas interiores; pura aposta, certeza de nada, desprendimento de amarras e redes de proteção; cobertor e tapete, adaga e estilete, quintal sem muro, espada e escudo, claro e escuro; condição para o universo manter-se em contínua expansão.

Um tal substantivo coletivo

Pelos óculos do tempo,
a visão se amplifica para além do lado bom
muito além do entusiasmo do começo,
(na semente, a emoção)

E percebe-se, então
depois da euforia, do furacão
que o amor é mais do que cabe no coração

Amor é escolha, é decisão
é perdoar, é pedir perdão
é cálculo, razão
é improvável previsão
é cheiro, é audição
é tato, é sensação
é silêncio e é canção
Amor é entrega, é aceitação

Amor aparece
quando
o imperfeito
desnuda
a perfeição.

Quanto?

Rafa Osti e Angelo Marcos

O dia nasceu livre da noite de ontem
Sem o cheiro ou a sombra daquela lua minguante
E eu que pensei que um sol crescente e cheio de novidade
Não trouxesse de novo o medo e a saudade, me enganei...

Eu me vejo agora com o mesmo rosto de antes
E sua voz no ouvido cada vez mais distante
Eu sei até o que devia fazer porque eu sei o que faz mal
Mas este instante se repete como tantos outros
...tudo tanto sempre igual...

Pois toda vez que eu me desfaço
Eu espero seu abraço
E sinto apenas o cansaço por te esperar
Pesando em meus braços que não conseguem te abraçar

E todos os meus passos são marcas que deixo pra você me encontrar
E cada minuto que passo despercebido do seu olhar
Uma nova estrela parece se apagar

Quanto do que eu sinto vem e vai para você?
Quanto do que desejo vejo vindo de você?
Quem saberia dizer, quem saberia notar
Se vivo por mim ou por sentir essa avessa forma de amar?

Fora de hora

Rafa Osti e Angelo Marcos

Desculpe a minha volta, eu volto outra hora,
É que eu pensei ter ouvido seu relógio despertar
Me dizendo que o seu sono foi embora
E que a luz do dia já podia clarear

Desculpe essa minha cara de alegre
Sem nenhum motivo aparente pra você
É que eu vejo um sinal e interpreto tudo errado
Mas eu vou cuidar pra isso não mais acontecer

Estou fora de hora, ora vejam vocês...
Estou fora de hora mais uma vez
Estou fora de hora, ora vejam vocês...
Estou fora de hora outra vez.

Eu já estou de saída, vou embora novamente
Ainda não aprendi, mas vou me acostumar
Estou mais uma vez fora do seu tempo
Vendo todos os sonhos que você ainda vai sonhar

Quem sabe um dia você se encontre
No mesmo tempo em que eu vou estar
Confesso: será muito mais do que sorte
Se eu ainda estiver vivo até lá.

Imaginação

Rafa Osti e Angelo Marcos

Se fosse tudo pedir perdão
Talvez então o chão se fechasse,
O céu engolisse essa escuridão,
O ar pesado parasse e virassem as nuvens algodão.

Fosse tudo só pedir perdão
Se apagariam os palavrões do muro
Ah, e o futuro se não fosse só imaginação
Eu seria diferente, qualquer coisa que não
a imitação, limitação, a sombra de então

Fosse tudo uma única estrela
Antes dessa complexa constelação (em destruição)
Fosse hoje o fim do pensamento
Findaria todo o tormento de amar
De querer o distante, o horizonte de trás
E eu me daria conta do instante finito de estar
Da diferença de um copo d'água e o mar.

Fosse outro meu ponto de fuga
E não seus olhos sem direção
E seria outra essa força bruta
Seria amar ao invés de luta, diversão.
Não estaria a lembrança a mover a vida
Não seria a vida apenas imaginação.

Também

Fabrício, Rafa Osti e Angelo Marcos

O amor também soluça,
Também precisa de tapa nas costas quando se engasga
Ele também se assusta; come com garfo e faca
Ele também tem fome, também vive; mata.

O amor também tropeça
Mas não peça a Deus que assim não seja,
Se o amor não for assim, é só beijo que não se beija.

O amor vem de dentro
E bem lá dentro tem sombra e coisas além
E se o amor é o 'também'
É porque é de nós que ele vem

E se não fosse assim, era isso o que seria:
Reza que não se preza, crença que não se cria

O amor também hesita
Mas não peça a Deus que assim não seja
Ele abraça quem o despreza e mata quem o deseja

E quando o amor se parte, se quebra ou se machuca
Ele mesmo se remenda, se recupera, se costura:
Também é do amor ser a sua dor e a sua cura.

Os pães

Pôs o trigo na tigela
Juntou manteiga, leite e tudo mais
E enquanto o sol espiava pela janela
Soprava um cheiro diferente de paz

Sobre o pó no coador,
Colocou a água que acabara de ferver
E o leite que começava a aquecer
Fazia a leiteira gritar de pavor

(Os pães descansavam no forno,
em uma espera paciente e tranquila;
sabedoria de quem sabe esperar:
artesão tirando o vaso da argila)

Toalha sobre a mesa:
Surpresa!
A rotina, o dia a dia
E as coisas mais comuns... sozinhas.

(no outro canto da mesa,
um vazio e um vaso com flores nada coloridas)

Surpresa:
Os pães sobre a mesa
E uma pergunta como única certeza:
- Por que tiveste que partir?

De janelas fechadas

Enquanto as janelas não se abrem,
As possibilidades guardam o infinito
Mas se a realidade se mostra de repente
Encontra o sonhador desprevenido

Quando o céu se parte
E os pés se cortam nos cacos de vidro
Desfaz-se a arte
Entre o sonho sonhado e o sonho vivido

Seguir não deve ser fácil
Mas sei não ser impossível
A cura vem do tempo tão ágil:
Esse outro deus invencível

E tudo acaba ficando pra trás
Como uma vela que já não acende
Ou um vento que não venta mais

Quando as mãos se abrem
E deixam escorrer o que era infinito
Mesmo que o inteiro se faça metade
Ainda é possível encontrar um sentido

Ainda que seguir não seja fácil
Eu digo: não é impossível
Deixe agir o tempo tão hábil
Esse outro deus invisível

O perdão

Perdoa
a quem nunca dá, nem doa
acaso a comida não seja boa
a quem um dia fez doer
a inaptidão de se entender

Perdoa
o que corrói
a quem nunca foi
e a quem se foi e deixou a dor que ainda dói

Perdoa
a quem pensa outra coisa
a quem defende outra coisa
a quem dá outra coisa
a outra coisa

Perdoa
a quem não usa o que deveria usar
a quem abusa do que deveria evitar
a quem acusa quando deveria ajudar

Perdoa a quem empata a empatia
Perdoa a quem desagrega a alegria
Perdoa a quem renega a liturgia
Perdoa a quem espalha letargia

(quem é que sabe
de fato,
com tato,
no segundo exato,
o estrago que faz?)

Perdoa
a quem se perde no perdão
mas perdoa antes de tudo,
sobretudo e de coração
a você
que ainda não sabe perdoar.

Três

1, 2, trezentos de Esparta
espelham-se, espalham-se em três

como os reis magos
incenso, mirra e ouro
como as três marias
alegria e talento: tesouro

o terceiro dia:
coragem, ousadia, ressurreição
os três mosqueteiros, um por todos
todos por um coração

trindade santa, trinca de ases, 3 ave-marias, amém
a tríade, o trio, o triplo, raiz quadrada de 9 também

O gênio e três desejos
Power trio pra trilha de cada "sim"
Ele por ela, ela por eles, eles por nós, enfim

Tripé: voz, instrumento, emoção
Para cantar: o amor
Para rimar: a alma
Para amar: o coração.

Para Rafa, Bruna e Murilo

Amar ao próximo como a si mesmo

O amor mostrou-se assim:
Abriu os braços quando precisei
Abriu a boca e rezou por mim.

Cada um na sua própria condição, convicção
fechou os olhos pro mundo
pra enxergar com o coração
e clamou por alguém em oração

e eu - falho aos metros e em fração - senti (!)
que fui amado com a mesma dedicação
de quem ama ao próprio irmão.

Eu fui quando ausente, impotente, enfermo
A lição de Jesus posta em prática, sem medo:
Amado pelo próximo como se fosse a si mesmo.

29/07/2020 a 02/10/2020

Da sobriedade

Não importa o que mais se faça
Tudo o que vem é exatamente nada
Depois de vinho e poesia na mesma taça

Os anjos

Chame-os de anjos se eles lhe sorriem
Chame-os de anjos se eles ficam ao seu lado
E se eles choram com você:
Chame-os de anjos

Chame-os de anjos se eles discordam de você
Se lhe fazem perceber
| que nem sempre é real o que você vê
Se sua roupa não muda a cor que veem em você:
Chame-os de anjos

Quando a luz da sua casa fica acesa até alta madrugada
Se eles atendem o telefone
Não os chame pelo nome

Onde quer que você esteja,
Seja céu, seja chão
Se eles lhe estendem suas mãos,
Chame-os de anjos, então.

Nos caminhos mais escuros
No fundo do oceano
Dia após dia, ano após ano

No começo do arco-íris
No traçar de novos planos
Espere-os no futuro
E se lá eles estiverem: chame-os de anjos...

Llamalos angeles
Call them angels
Karera o tenshi to yonde kudasai
Nennen Sie sie Engel
Appelle-les des anges
Chiamateli angeli
Angelos vocant
Chame-os de anjos!

Assim seja

AMEM

Sonho a dois

Um sonho sonhado em par
vale mais do que o sonhar
Vale letra, melodia e canção

Vozes de tantas trilhas,
borracha de apagar milhas
cola de unir ilhas
e alma e corpo e coração

Como John e Fernanda e Rita e Roberto
Herbert e Paula que deram certo
Como Marcelo e Mallu e Ney e Caju
improvavelmente samba e rhythm and blues
Paul e Linda e John e Yoko e Ana e Vitória
a trilha sonora do sim que inicia a história

No travesseiro deste sonho em par
Já coube tanta gente, céu e mar
Que ninguém que ouve jamais duvida: vale a pena sonhar

e acreditar que não há fronteira no coração
que o amor se firma numa oração
que a vida começa numa canção

E celebra a transformação do sonho em comunhão:
a vida a dois.

O dia que não veio

Mesa posta, roupas novas,
Bolo com recheio
Tudo pronto
Mas o dia não veio

Músicas exatas, alegria farta,
Nada estava ao meio
Tudo certo
Mas o dia não veio

Mãos distantes, poeira na estante
Porta-retratos vazios
Esse é o rosto
Do dia que não se viu

O dia que não veio
Nos partiu ao meio
No dia que não veio
Cartões postais rolaram por bueiros

Mas não perdemos,
Nunca perderemos de vista
O tempo que antecedeu a visita
Que não veio, que não veio...

Bordados

Agora, o coração,
(sobra de um tecido branco e quadrado
de tão vazio, quase vazado)
exibe palidamente dois bordados

Vizinhos dividindo endereço
sentimentos distintos com o mesmo apreço
como versos que se revezam em seus avessos

de efeitos dissonantes, tal açúcar e sal
rivais reivindicando o mesmo vitral
medindo o tempo com força desigual

vindos de tempos ímpares, confrades:
tristeza, uma; a outra, saudade
dois nomes batizando a mesma cidade.

De fato, dois bordados,
um em tinta, outro em giz
Ocupando frente e verso
deste coração gris:
De um lado, uma tatuagem;
do outro, uma cicatriz.

Hoje é dia de Maria

Hoje é dela o dia
O sol é dela e essa poesia
Ela, que faz as 3 Marias serem 4
Ela que fica linda em qualquer retrato

Seus dedos têm a mágica de tecer cortinas
Ela, que possui o dom de coser lençóis,
Ela, que quando consola também ensina
Ela, que também desata alguns nós

Ela, que andou entre cinzas de cana de açúcar
Plantou também as sementes da fé
E se hoje cada de nós luta suas lutas
É porque ela foi o que somente ela é

Ela que se desfez, mais de uma vez, sob o peso pior
Juntou cada pedaço seu pra ressurgir melhor
Ela criou palavras e termos e versões
E foi cruzando idades, cidades e sertões

Pra ela, o tempo presta continência
Ela faz do movimento a melhor experiência
Ela que não se cansa de se renovar
Reinventa a todos sem se esforçar

Ela foi berço e chão
Para Angela e João

Ela moldou o sonho e a vida
Para Toninho e Cida

Ela explicou verões e primaveras
Para Marcos e Vera

Hoje o dia é todo dela
Marquem 26 de fevereiro um feriado, seu dia
Vamos comemorar e rezar por ela
Hoje é dia de Maria!

Para minha mãe

Minhas duas outras mães

Nos passos que traço entre noite e dia
seja concreto ou corda-bamba, prosa ou poesia
Minhas duas mães outras,
cada qual do seu jeito
me ajeitam com tato,
me abrigam com zelo, me trazem no peito.

Há tanto nas outras minhas duas mães:
trato, motivos, afetos, sorrisos
pães, crenças, paraísos
tudo exato e imperfeito
cada qual do seu jeito: precioso, preciso.

Minhas duas outras mães,
cada qual com seu hálito,
rezam com mãos roucas o terço dos bravos
para que todo mal tempo passe ao largo
não toque sua prole, acabe sem deixar rastro.

E o mal tempo obedece.

Pudera,
Nem o tempo se atreve a mexer com quem tem duas outras mães!

Para Angela e Cida, Cida e Angela

A menina das cores

A menina de cor e ação ímpares e cabelos pretos,
Refez, com o pincel com que foi feita,
A cor das nossas sobrancelhas
A calçada de todas as ruas
Onde pôs sóis, arco íris, sentimentos e luas

Doce perfume de carambola
Com olhos de jabuticaba,
Tira o peso de tudo, completa o vão do nada
Tira o azedume das horas tristes
Inventa cores que não existem

Na sua aquarela singular,
Mistura tinta de tingir força e timidez,
E nos desenha em papéis de escrever poesias
E nos contorna com sombra da noite e luz do dia

Desenha caminhos ao nosso redor,
E estende tapetes de estrelas multicor,
Seja seu chão concreto, algodão ou isopor
Vamos com a menina das cores por onde
a menina das cores for.

Para Giovanna

Dessemelhança

O segredo de almas gemeamente opostas
Que se equilibram na dessemelhança

Como talheres dispostos impecavelmente em mesa posta
Fazem o sabor da refeição ser mais que ausência

É o que faz do sol no horizonte
Ser sempre um mesmo sol
E ainda diferente.

....

Outra esquina logo em frente
Tempestade e contragosto
Que o que virá para quem virá-la
Não espaceje ou diminua nem os passos, nem o tempo

Os pés pisam ainda firmes a delicada areia branca do sentimento
Sustentando o firmamento em nosso coração

E nele, as estrelas que riscam nossa noite
Clareiam com seu brilho nosso olhar
Outra esquina logo em frente.
(e o rio corre sem parar, sem parar de se chamar rio)

....

Não se pode entender tudo.

Alguns de teus pensamentos
São pra mim qual noite que não crê em luz.

Os que me são ar da manhã
Não precisam me agradar,
Precisam ser teus ou crentes assim
Porque minhas razões não são as tuas
Mesmo sendo as mesmas...

Não preciso entender tudo
Nem muito além do que entendo
Que no fundo, meu entendimento
É para ti a lua vista por trás, em adeus

Não preciso entender tudo
Que de tudo que eu sinto
Parte é amiga da razão e da beleza
Parte terra onde não habita o sol
Outra parte é pura natureza

E por isso me são caros todos os momentos
Mesmo os sem motivação

Tudo é conspiração
Que a vida nos sopra discretamente
Em disfarces e sinais em cada situação
O que nos falta é compreensão
De que sorte é o presente da vida
Pra quem percebe seu existir em cada coisa e vive

E vê no mesmo horizonte nascente e poente
Berço comum de cada vontade
Desmedida ou discreta.

E passa ainda dono de seus próprios sonhos

....

Meu jardim é único em meio a outros únicos jardins

O mistério de cada flor
É que o perfume particular de cada pétala
A transforma em uma nova flor

E cada flor é uma nova e delicada flor
Desigual e imperfeita como o brilho do sol aos olhos
Um novo ser, único e incompleto
Em meio à um jardim perfeito
Feito de tantas únicas flores
E por isso meu jardim é único

Toda unidade é disforme longe da união

....

Sou sombra, e és sombra
E somos diferentes em nossos tons sem luz

O que me falta é generoso a ti
E o que a ti faz falar, a mim silencia

O que te contempla me ignora por completo
E o que me completa é o que de ti a vida me empresta

(e nossas almas sempre têm sobre o que conversar)

Sou outro universo quando num instante
Você me ama mais.
E então me calo sem pensar em nada.
E deixo escorrer pelo meu corpo
O espírito vivo de teu sentimento
E neste momento
Eu compreendo minha fragilidade

....

De tantos caminhos
Nenhum é impune ao riso e ao choro e ao medo

Mas o caminho tortuoso é um atalho errado
Quando e se o coração insistir em caminhar
E as flores à margem do caminho
São antes de adorno, assombro particular

E o vale de águas claras ensurdece a alma
E tira a paz natural do coração

....

Quando eu me for
Quando eu não for nem mais nem menos do que fui

E meus sentidos não forem mais teus

Que a ti eu seja leve, suave
qual brisa ao entardecer
qual saudade que não fere
qual amor que não sufoca
Sereno
qual sorriso entre sonhos
Mas superficial e passageiro,
se lágrimas de dor

E pra quando meus braços falharam em te abraçar
E meus lábios se fecharam sem te beijar
Que eles não te sejam lembranças ou faltas
Mas um pedido de perdão em teu pensamento
Pra cada momento em que me perdi de ti e de mim
Que não fui perfeito e nem tentei...

....

Outra esquina logo em frente
Outra esquina ficou pra trás
(nosso mundo é feito de esquinas
que passam sem se dar conta
se passamos ou não)

Mas nós não.

Estamos aqui.
Chegamos aqui.
Entendendo que o mistério de almas gemeamente opostas que
se equilibram na dessemelhança

é a necessidade de cada ser
ser único e incompleto e ter um fim.
para nascer-se ou completar-se de vida
em outra vida inversamente igual
e fazer tantos mistérios de mistério nenhum:

Amor

10/11/01

infinitivo

é preciso
desprender-se de um amor instintivo,
imperativo
para conciso,
aprender que o amor infinito
vem no infinitivo

(amor é menor que)

amar

3. **Sobre** o mar, amar, **amores** e marés

Amores – os sentimentos em movimento – são motivos para sentido e direção; alvos de afeto e proteção; a quem alguém se dispõe, se destina; a quem se estende tapetes e se abre cortinas, alma e coração; aninha os pés para que os passos sejam firmes e pisem quintais livres de grades e muros; com quem se avança, protegendo e protegido, vindo de águas passadas, através das correntes do presente, entrando no curso do futuro.

Dia

Houve um dia que eu quis ser seu
Houve um dia que você quis ser minha

- Coincidência, acaso?

Houve o dia que você me deixou ser seu
O mesmo dia que eu deixei você ser minha

- Destino, sorte?

Não sei.

Só sei que aquele dia
ainda não terminou.

Aos poucos

Foi como abraçar toda a calma
Foi como avançar suavemente no tempo
Te ver naquele primeiro momento em que te vi

Foi como fortalecer o corpo
Pras horas que costuram tempos estranhos
Foi como forrar a cama
Pra guardar a melhor porção de todos os sonhos

Foi como ir dos segundos às horas
Foi como ir dos passos à história
Assim como as metades somando um inteiro
Exatamente assim naquele momento primeiro

Mas a primeira vez que te vi
Não foi a primeira vez que te vi
Foi quando eu percebi você para mim

Foi como buscar o antídoto
Pros venenos contidos em frascos de perfume
Foi como poder encontrar o riso
Num tempo em que se anda há tanto tempo aflito

E foi como ir dos grãos às flores
Colecionando sentimentos e cores
Desde um tanto antes até exatamente aqui
E saber que ainda te vejo exatamente como te vi

Brisa

Havia certo som na distância
Uma dissonância,
                        uma aliança havia ali

E numa dança
Ritmando graves e agudos
Na estante, na santa, no criado-mudo
Seus passos métricos e absolutos
Rimaram meu medo, meu riso e soluço
E eu lá no meu canto
Na busca da melodia exata, precisa
Pausei quando seu sopro se fez brisa

E se assentou em mim.

O meu papel

Eu te faço uma música
Em papel dobradura
Embrulhada em celofane
Moldada em couché

Eu desenho um coração
Em papel crepom
E te mando num cartão
De papel machê

Eu gravo pra sempre
Na extensão de um bilhete
Num pedaço de almaço ou sulfite
Todo meu querer

Pois o meu papel nesta história
É registrar na história
A mais linda história de
Amor por você.

O sexo frágil

Eu não sei outra forma de dizer
        que   eu prefiro a cor do esmalte
                        à lua
        que   a sua mão segura

A não ser com minha falta de coragem ancorando-se
em sua sede de fazer valer
A não ser com minha reticência pausada pousada
em sua estrada-todo-ser

E com meus trêmulos passos postergados
E com meu raso sorriso amarelado
E com minha entrega aos seus cuidados

[sua força me fortalece
 sua prece me protege]

Perceba minha oração.
Veja esta oração.
Note: vai nesta oração
          mais que uma mensagem, meu destino:
Faço-me homem
                quando você me abraça menino.

Música e Dança

Eu te conheço
por fora, por dentro,
no hálito, no tato, há tempos,
que nosso dueto
se faz em silêncio

Você me conhece,
sabe o que me tece
a prece que persigo
o signo que me rege

Que nosso valsar, sem pausa, segue
a dança
e dança
a dança

Quasímodo

Você viu chão na minha estrada
Você viu parede na minha casa
E eu vi que sua foto cabia no meu porta-retrato

Você viu ascendentes no meu signo
Você viu destino no meu trilho
Eu vi que meu corpo pra sua alma era exato

E o que antes era um solto caminhar torto
Um vago sorriso de lado, meio olhar desviado
Ganhou sentido e sentimento
Ganhou estrada, ganhou tempo
Ganhou nome, ganhou vento

E me trouxe pra perto do que era distante
Mostrou o amor em sombra e semblante
Quando eu vi que pra me ver
Você viu além, muito além de mim.

Prosa e Poesia

Raie o sol ou chova a chuva,
De noite ou de dia
Nunca é o mesmo, mas não muda nunca
Mesmo mudo ou em outras línguas

Neste ou em outro momento
Na falta de humor ou na alegria
Na alergia da distância e no riso do encontro
Sempre e tão feliz, no entanto

Eu sei me lançar sem rede de proteção
Sei apreciar qualquer canção
Mesmo quando você canta fora do tom

Você sabe onde moram meus sonhos
E sabe como alcançar os meus sonhos
Para transformá-los sempre em sonhos bons

E eu não troco isso por nada
Não troco isso nem por tudo
Tudo o mais são reflexos na estrada
Miragens vãs vazias de futuro

No mais, tentamos fazer com poesia e prosa
Que nossos passos clareiem o escuro
Numa luta diária de suor e rosas
Tendo o amor como espada e escudo

Forma e conteúdo

...do chão aos pés, dos pés às sandálias
das sandálias à cor, da cor ao arco-íris...

Se você fosse paisagem, eu seria a janela
Se fosse pintura, eu seria a tela
Se você fosse a lua, eu seria a maré
Se você fosse a comida, eu seria a colher
Se você fosse sexo, eu seria o orgasmo
Se fosse árvore, eu seria os galhos

Se olhos, seus cílios
Se jardim, seus lírios
Se história, papiro
Se febre, delírio
Se mãe, seu filho

Se fosse música pop, eu seria um beatle
Se você fosse folclore, eu seria o mito
Se fosse segredo, eu seria comunhão
Se você fosse o amor, eu seria o coração.

Sim, seria.
Maneira não haveria da gente não se achar
Se não eu, você,
Entre todos e tudo,
Variando entre forma e conteúdo.

Num sentimento despido de nomes,
Apelidos, sobrenomes
Girando em carrossel ou em dançante ciranda:
Se você fosse o Angelo, eu seria a Sandra.

Um instante

Não sei o que houve
antes daquele instante

Mas vi seus pés tocando o chão naquela manhã.
Eu estava lá, de consciência sã:
- Pés, chinelo, chão.

Chamei-te de chão:
O chão do chão.
Como um coração batendo para bater outro coração.

Não sei o que haverá
depois deste instante

Mas por que imaginar-te no futuro?
Quer seja ele claro, quer seja escuro
Se cabe nas mãos ou delas depende
Eu cuido dela no presente.

E fui fazer nosso café.

O primeiro berço

Como a mais clara lua, o mais quente sol
O mais belo gol da mais linda bola de futebol

A primeira consoante
A primeira roda gigante
A primeira bola de gude
Anunciante berço berrante

(e até que o tempo gire no entorno do curso curvo de cada segundo, o pãozinho descansa no forno...)

Planeta Terra, primeira esfera a girar
Gigante bolha de sabão
A verdadeira roda, divina invenção
Que vira e gira e gera a vida a avançar

A bússola, o carrossel, o catavento, o disco voador
O girassol, o ovo de Colombo, a hélice de ventilador

É a redonda, a erguida, a imponente, a ávida
A toda-prosa, a toda cheia, a atrevida
Essa tal barriga grávida
A preparar mais uma vida

N
ne
E
se
S
sw
W
nw

Vogal (a mãe)

o
primeiro universo, o
primeiro planeta, o
primeiro continente, o
primeiro país, o
primeiro estado, a
primeira cidade, o
primeiro bairro, a
primeira estação, a
primeira casa, o
primeiro lar, o
primeiro laço, o
primeiro berço, o
primeiro embalo, o
primeiro cheiro, o
primeiro amor
de cada um.

M (os filhos)

No milagre, na mágica, no mistério
Na massa, na missa, na maçã
No mito, no manto, no ministério
Na música, na marcha, na manhã
No mínimo, no meio, no micro
No mímico, no místico, no misto
No mastro, na messe, no maestro
Na mente, no mestre, no manifesto

E no desenho pulsante de um coração
De um M que está e dá o nome à mão

No mimo, na monster high, no max steel
No mar, na maré, na maresia
No mural, na moral, no mandril
No mamute, na montanha-russa, na moradia
Na mãe, na memória, no momento
No monte, na mancha, no movimento
Na maravilha, no máximo, no mezanino
No magnífico, na menina, no menino

e muito mais...

Na palma da mão, como um sinal dos céus,
O M de dois nomes que compassam o coração:
Maria Eduarda e Miguel.

Pai e filho

Se eu pudesse entender, eu diria
Como é que cabe no teu sorriso
Toda perfeição, tudo o que preciso

Se eu soubesse entender, eu contaria
Como é que cabe no teu abraço
A direção para todos os passos

Mas a mim cabe estender o tapete pros teus pés
Aquecer teu corpo, te mostrar a fé
E dizer que nem tudo o que parece realmente é

A mim cabe preparar tua cama, vigiar teu sono
Te trazer comida, te isentar de donos
E dizer que tudo o que temos é tudo o que somos

Pra quando teu barco, um dia, for pra longe do meu cais
Pra quando tua bandeira, um dia, enfrentar os meus 'ais'
Sejam teus pés, então, sãos e firmes e ainda mais
E entenderás, por fim, o papel do filho e o papel do pai

(qual pássaro livre, voa, vai
até encontrar o abraço e o sorriso
que te darão novos olhos e sentidos
e - como a mim - te farão ir de filho a pai)

Miguel (12 de janeiro de 2011)

Nascemos no mesmo dia,
você, pela primeira vez,
e eu vi que o azul que se via
mais azul ainda se fez

Quando a gente nascia
você chorava de susto, eu de alegria
Eu te disse: "bem-vindo, pode entrar...
meu coração é o seu lar"

E tudo foi reerguido, refeito
fez-se largo o que era estreito
chamou-se de estrada o que era trilha
virou continente o que era ilha

E depressa, pendurei na parede do tempo,
minha nova certidão de nascimento
reescrita naquele momento
emoldurada num novo e nobre sentimento.

Quando eu te recebi, meu filho,
um presente de Deus enviado do céu
recebi junto o nome de um anjo divino
um anjo chamado Miguel.

Maria Eduarda (06 de outubro de 2014)

Eu já fui o oco da ostra, vazio
Eu já fui a página em branco, vazia
Eu já fui parede, fui limite, fui o frio
Eu já fui pressa, tempestade, teimosia

Hoje sou a página que recebe a poesia
Eu sou o tempo, artesão da pérola
Sou quem vive a espera com sabedoria
Eu que fui parede, hoje sou janela

Por onde se vê um mundo maior
Por onde entrou um futuro melhor
        que deitou na minha cama
          com olhos de esperança

Eu quero ser sua sombra e também seu brilho
Espero ser o trem e também o trilho
Pretendo ser a estrada e ainda o andarilho
Eu vou ser seu pai e também seu filho.

A menina dança

A menina dança
e dilui cada ameaça
no mar calmo de águas mansas
dos cachos de seus cabelos sem tranças

A menina dança
e a destemperança
de um mundo de poeira e traças
desaparece num passeio de maria-fumaça

A menina dança
e a valsa intensa que inventa avança
e alcança meu coração que agora é quem dança
par com par, numa nova aliança,
a dança doce da doce criança.

8 anos

Nada foi de repente, tudo foi veloz.
Tanto. Muito. Demasiadamente.

Pelas mãos do tempo,
  ursos de pelúcia foram ficando pequenos.
Pelas mãos do tempo,
  outros verbos foram acontecendo.

Mas não foi nada de repente...
  ... nem o primeiro riso, nem o primeiro dente.
Ainda assim, eu nunca estive prevenido
  nem pra dor de garganta, nem pra dor de ouvido.

E nem pra tua ida à escola,
  e nem pra cola no painel do carro,
    e nem pros tênis cheios de barro
      que deixaram chão e coração marcados.

Na velocidade do tempo, te vejo, beijo, leio e digo:
- É lindo ver tua personalidade sendo escrita
    nas linhas do dia a dia
      com tua própria caligrafia

Na intensa velocidade deste tempo
(que fazem os brinquedos perderem espaço)
Meu amor cresce para bem além do peito
mas - saiba! - nunca além dos meus braços!

Menino e Menina (2011 e 2014)

Um dia, com todo cuidado
cheio de dedos, receios, medos
pedi a Deus pra ter meu desejo realizado
e veio um pequeno poema, anjo sem asas,
novo sentimento, morar em minha casa

Um dia, outro instante sagrado,
nada de dedos, receios, medos
arrisquei outro desejo tão desejado
e uma linda poesia, clara de olhos claros,
veio vestir meus dias com os tons mais raros

E desde então, todos os dias
em qualquer momento, intervalo
me valho do som ou do silêncio ou do orvalho
e agradeço a Deus pelos dons herdados

E toda essa alegria
que sustenta o sentido dos meus dias
cheios de dedos, medos, ouvidos e retinas
resume bem a coletânea da minha vida
tão delicadamente, por Deus, bem escrita:

o mais belo   poema-menino,
a mais linda   poesia-menina.

Para o tempo parar (8&4)

Ela faz coração com as mãos
Ele atira beijos quando saio
Eu inventei músicas para ele dormir
E cantei pra ela também
Eles têm um toque de mão que é só nosso

Ele arrancou os próprios dentes
Ela ainda tem todos os dentes de leite
Ela gosta de pegar na minha orelha
Ele tem medo de tomar banho sozinho
Eles gostam de dormir com a gente

Ela brinca de casa na árvore
Ele adora vídeo game
Ela assiste Luccas Netto no Youtube
Ele procura dica de jogos no Youtube
Eles brincam e brigam na mesma hora

Ela faz desenhos coloridos
Ele é bom de matemática
Ele andou de bicicleta sozinho
Ela está aprendendo a nadar
Ela toma banho frio e adora
Ele não gosta muito
A cor preferida dele é amarelo
Ela adora rosa
Ela fala alto e pelos cotovelos

Ele é mais calado, mas nem por isso menos alegre
Ela chorou mas dançou
toda a apresentação da Emília
Ele não gostou de usar chapéu caipira
e ficou emburrado durante a quadrilha
Ele adora sopa de abóbora e feijoada
Ela não gosta muito de refrigerante
Ele come pastel e coxinha com catchup
Ela toma toddy num copo com canudinho
Eles gostam de banho de piscina e de mangueira

Ele gostou de ir pro Beto Carrero
Ela era menorzinha, mas se divertiu muito também
Eles viajaram pra Natal e queriam ver o papai Noel
Ele não gosta de ir à missa
Ela está aprendendo a rezar
Eles rezam juntos pela manhã

E eu? Eu escrevo para parar o tempo
(para parar o tempo eu não preciso rimar)
Sei tudo isso ainda vai mudar, mas quando mudar
essas palavras serão minha memória
(se no futuro a memória falhar)
para que eu possa me lembrar do quanto sou

FELIZ.

Adamantium (o segredo de Wolverine)

Quando um vento forte força a direção contrária
Quando tentam trancar os sonhos em solitária

O corpo sente, pressente a força ficando ausente
E se dobra, se curva, entorta, turva

Até que para
Até que respira
Pra tentar decolar
Pra tentar distorcer, libertar

Pois sabe que quanto mais escuro, mais deve brilhar
Que quanto mais negativo, mais precisa teimar
Que quanto mais agressivo, mais deve acalmar

Até que sara
Até que inspira
Pra fazer decolar
Pra destoar, engrandecer, transbordar

Acho que sei porque resistir
É claro que sei porque insistir
Sei ser você o que me faz persistir
É por você que não vou desistir

É por você, só por você
que atiro
que trilho
que tiro
o melhor de mim

E me lanço ao voo.

4. **Sobre** o mar, amar, amores e **marés**

Marés – o tempo em movimento – fluxo e refluxo pelas mãos e além delas; volume e vigor de acontecimentos, no entorno e dentro de nós, sob signos que influem, fluem, acalmam e agitam estradas, caminhos, casas, abrigos; entre hábitos que habitam o cotidiano, leis recentes e de tantos anos; balançando vidas e barcos no quintal ou no país vizinho: o mundo como um organismo interligado, abraçado, subordinado ao balanço das águas; que nos despe e apresenta ao mar, amar, amores. Que nos faz náufragos ou nos torna marinheiros.

WWW

Rafa Osti e Angelo Marcos

Fazemos parte dos policiais que não policiam
Dos mendigos que vivem em greve de fome
Da torcida que vibra e grita com o gol
Das campanhas solidárias da televisão

Estamos na fertilidade ignorante de cada barriga
No canto da cigarra e no trabalho da formiga
Nas queimadas impunes de florestas, índios e favelas
Em cada mastro da bandeira verde-amarela

Somos as passeatas organizadas contra a violência
E os que matam sem consciência
Somos o revólver de quem rouba pra matar a fome
E o mesmo que mata quem já está com ela

Somos o giz do professor sem abc
A vontade e a barreira pra se aprender
A ignorância que nunca nos deixa ver
Que a vida que a gente leva
É a notícia que a gente lê.

WWW
Ponto.

Três poderes

A felicidade,
de olhos cansados
vidrados no passado, passa
pelo presente: futuro sem laço.

A esperança,
com joelhos calejados
dobrados em oração,
clama compaixão: futuro compasso.

A fé,
com o rosto enrugado,
castigada por um só momento,
garimpa um fio de futuro:
menos escuro, seguro traço.

Mas sob três poderes desempoderados,
desempregados no tempo e no espaço
temos como escolha só escolher seguir
sem saber
muito bem
pra onde ir.

Ironia! nossa estrada é uma escada
de cabeça pra baixo.

O voo cego da cegonha.

Enquanto isso, este nosso mundo, (avesso de tudo)
Vende exata versão: aversão a todos.

E faz até os olhos da santa
sobre o criado mudo
mudarem a direção
(de tudo o que pode ser motivo, é só por vergonha)

Deus acima de tudo, ajudai-nos!
refaz o desfeito
desdá o nó, o intento
desinverte o momento
desfaz o malfeito
deste nosso pequeno mundo,
pequeno duas vezes,
mudo,
imundo,
há meses.

Lava com água benta,
arrebenta a arrebentação
pra gente achar água limpa
além das palavras,

Óh Deus acima de tudo,
sobretudo,
desta polarizada e triste ex nação!

Notícias populares

A sua educação cai e ele mostra os dentes
A nossa paciência vai e a gente mostra os dentes
A sua gentileza sai e ela mostra os dentes

... já no segundo seguinte,
pois tudo era só emoção à flor da pele.

A flor da pele sangra fácil
quando, à flor da pele, os dias passam

Conhecimento raso - julgamento - explosão
Tudo sempre por um triz - te.
Escapando por um triz - teza.

Guerra de razões, sermões
Cabo de guerra de palavras
Erros de enredo guiados por erros ortográficos
e pelos atrasos de superficial inteligência
que deixa a intolerância brincando no jardim.

- Dizem que a alma não tem dentes,
mas e essa capacidade de mostrá-los tão fácil
e tão bem
de onde vem?

A VOZ DO brasil

No exercício do desserviço
isto já se tornou aquilo.

Promessa de afeto
é
abraço de ouriço

E quando o sorriso aterrissa na nossa frente
vem armado até
os dentes.

Trincheira e arame farpado:
(farpas do futuro)
faz-se revelado
o canto (escuro)
de sereia
do passado.

Zoo

Os ursos gostam de viver sozinhos

Os rinocerontes negros têm pouca paciência
e preferem ficar sozinhos

Os ornitorrincos são vistos aos pares,
mas vivem a vida toda sozinhos

As doninhas, devido ao seu forte cheiro,
vivem quase sempre sozinhas

Os leopardos buscam companhia só para procriar,
antes estão sozinhos

As toupeiras cavam buracos que só cabem elas,
então, moram sozinhas

Os coalas preferem árvores a outros coalas,
enfim, são sozinhos

E os bichos preg

Na pandemia, no lockdown, no isolamento social
somos mais que a soma de todos os medos,
somos a soma de todos os bichos.

Desolação (novo normal)

Quem diria que um dia
 a poesia se ausentaria como se ausentou
Quem diria que um dia
 cada boca se silenciaria como se silenciou

Sem saída se apresentam escadas, estradas
montanha escalada terminada em abismo
cinismo, ganância, pujança de egocentrismo

Termos que não se aplicam a todos os ternos
Trinca de ases, gases inflamáveis, faísca nos olhares
- E vamos todos pros ares!

- Mitologia e intuição:
Esfinges famintas estes dias são
- Realidade, desconstrução:
Órfãos andando na contramão

Cidadania, condenação
o cio procriando contínua sustentação
Estado? País? Nação?
Náufragos do naufrágio da civilização.

é...

acho que aqui não dá mais pé
e não é questão de opinião, falta ou excesso de fé
ciência, consciência, xícaras de café...

acho que é mais
"as coisas como são" ou
"a vida como ela é"

talvez tenha sido
a lua interferindo nas marés

mas sei não,
acho que aqui não dá mais pé.

lua? fé? vida? maré?

talvez só novo céu ou um outro chão
mas pro meu coração - sei não -
acho que aqui não dá mais pé.

A casca de ovo

O futuro é mera frase escrita à lápis
Pelas mãos de nossos sonhos e fé
Frágil plano com desejos de alegria
Que nem história ainda é

(aquém da realidade sonha-se o bonito
sem nenhum valor real - o sonho - mas vale pelo infinito.)

Enquanto os sonhos são raízes
Incertas matrizes de esperança
A certeza é que o passado é este quadro
nas paredes do coração

Pendurado pelo repente de um vento frio
Que forçou os sonhos contra o fio da navalha
E separou o brilho e os olhos
A semente e a flor

(uma criança descuidada deixa cair
uma caixa de ovos no chão
salvam-se alguns, outros não!)

E nunca mais novos planos
E nunca mais novos sonhos
Agora é só o passado e as lembranças boas
(...e outras assim não tão boas para se lembrar...)

De repente
nada mais do que for acontecer será novo:
Partiu-se a casca de ovo.

08/06/16 aos alunos da UMC e da Brás Cubas

Plano B

Pra quando o ponto de fuga for a ruga no horizonte
Pra quando a alegria brincar de esconde-esconde
Pra quando o arco-íris só encontrar lugar no escuro
Pra quando você quiser ver o passado no futuro

Pra quando os detalhes passarem despercebidos
Pra quando o humor não provocar mais sorrisos
Pra quando o jantar ficar a mais no forno
Pra quando os vãos se tornarem adornos

Pra quando você não puder sair à noite
Pra quando a vida girar apenas em torno da morte
Pra quando faltar verde e azul e amarelo
Pra quando as cortinas esconderem nossos elos

Pra quando a noite não tiver mais fim
Pra quando só houver prédios entre você e o céu
Pra quando alguém quiser saber enfim
O que aconteceu....

Sobrarão apenas perguntas
E uma delas vai ser pra você:
- Qual era mesmo seu plano b?

Descaminhos

O sal da saudade
entorta
o anzol do sol:

Só – meta-metade – avista um
um futuro escuro,
lume de lágrimas é seu fruto.

Mas ela se apruma e se lembra
que Deus é sempre maior
e que quando suas mãos-tempo
intentam

o sol volta ao seu lugar

e se põe a alumiar os descaminhos
e os pés encontram o sustento no trilho
e atentos miram firmes e firmam
novo lar:

E é lá onde ela vai morar!

Para Sueli

Milagres

Rafa Osti e Angelo Marcos

E a vida se refaz.
Alguns se levantam pela manhã
Outros não se levantarão jamais
Uns olham o mundo pela primeira vez
Alguns olhos se fecham para nunca mais

Pequenos milagres passam à margem da vida
mesmo quando se procura comida em lugares estranhos,
haverá sempre pequenos milagres
de olhares tristes e celestes e de vários tamanhos.

A vida transita pelos lugares mais estranhos
Sempre amparada por pequenos milagres de vários tamanhos.

E a vida se refaz.
Quando em restaurantes e cinemas
Sapatos desfilam sem muitos pares iguais.
E na miséria periférica outra verdade desmistifica a vida
Entre tiros e gritos de tendências suicidas

Pequenos milagres rondam faróis e vitrines
Caixas de chicletes e frascos de perfume
Pequenos milagres forjados na vida
Que esperam ser vistos em andaimes e túneis.
A vida transita pelos lugares mais estranhos
Sempre amparada por pequenos milagres de vários tamanhos.

Um círculo involuntário entre sol e lua
Que reinicia tão logo acaba
Numa sina vivida ora entendida por miragem
Que se revela, na verdade, um pequeno milagre.

E a vida se desfaz...
Seja o motivo qual for
Algumas idas são alívio, outras causam dor
E as misérias, justificadas ou desmerecidas
Possuem algum pequeno milagre
Em algum momento da vida.

Tantos enquantos

...enquanto o céu derretia
enquanto o chão se perdia dos meus pés
e eu me alimentava de sonhos inventados

...enquanto o chão se abria
enquanto o céu recebia pedidos de fé
e eu teimava em não virar memória...

Você, que nunca me viu,
me pegava nos braços

Você, que não sabe quem sou,
me emprestava seus braços

Você, que não dividiu meus sonhos,
acertava meus passos

Você, que desconhece meus discos e livros,
guardava meus passos.

...enquanto o céu decidia,
enquanto Deus me fortalecia,
você recolhia meus eus,
colava minhas peças,
me encaixava de volta,
acendia o breu.

E além dos cuidados com o corpo,
você, que nunca me viu antes,
nem mais reto ou menos torto,
cuidou do meu coração,
e ao deixar que eu segurasse suas mãos,
me ajudou a voltar,

e eu voltei.

Aos amigos do Sírio Libanês.

Sêmen

SE
SEM
SEMEN
SEMENTE
SEMENTE - ME
SEMENTE - TE
SEMENTE - MOS

Da calmaria e confiança

Quando a tempestade
me olhou nos olhos
fechei a janela e falei:

vem

ca

fé

Nomes

Teu nome não te dá saliva, teu nome não te dá cheiro
Podias ser da Silva ou, então, ser Monteiro

Franco nem sempre é tão sincero
Esperança quase nunca olha pra frente
Davi não é assim tão mistério
Narciso nem sempre é atraente

Teu nome não te dá verão ou mesmo primavera
Fosses tu outro alguém, talvez João, quem sabe Vera

Salvador, coitado, não salva nem a si
Bento, deus do céu, passa longe da graça
Rosa mora em casa sem jardim
Clara é espessa, densa fumaça

Saiba: teu nome não te dá céu, não te dá beca
Quem vem lá? Será Rafael? Será Rebecca?
Teu nome não te dá profissão, não te dá destreza
Nem se fosses mais que Sebastião, nem somente Tereza

Ida, ao passado sempre volta
Piedade não pensa em mais ninguém
Paixão, sem sentimento, voa solta
Da Paz nunca conseguiu fazer o bem

Não tivesses tu teu nome, ainda assim serias o mesmo
Tal qual a rosa que paira sobre Montecchios e Capuletos

Pois nome algum é direção;
nome algum é tampouco guia
Seja teu pai Abraão, seja tua mãe Maria.

Duas línguas (problema de interpretação)

TU VEM NA FRENTE DE
TU DO
TU NÃO VENS

Migalhas

O QUE CAI DO POUCO

O CO

Déjá vu

Todo agora
é uma porta
pro
depois

Que quando se atravessa
o agora
de novo
vem dizendo:

já não
nos conhecemos?

Da urgência

Amanhã não, hoje.
Dê licença pra poesia entrar.
Tendo passado o tempo que passou, que não passe tanto tempo
mais.

Amanhã não, hoje!
Tire a paz de trás das cortinas.
De todo o pó que se acumulou, que não se junte mais tantos nós
no tecido da nossa pele
no caminho dos nossos olhos
no suor da nossa voz

Amanhã não, hoje...
deixe a porta aberta,
quem sabe o rancor não foge?
quem sabe, pelas janelas, um hálito novo e um hábito novo
encontrem um lar?

na conjugação dos nossos sonhos
na conjunção das nossas veias
na comunhão das nossas vidas.

Amanhã não. Hoje.

SOBRE O MAR, AMAR, AMORES E MARÉS

SOBRE O MAR, **AMAR**, AMORES E MARÉS

SOBRE O MAR, AMAR, **AMORES** E MARÉS

SOBRE O MAR, AMAR, AMORES E **MARÉS**

AMPavan!

Farol

Não é pelo mar que os barcos navegam
Não é pelas marés que os barcos resistem
Não é pelas estrelas que os barcos se guiam

Não é pelas quilhas que cortam as ondas
Menos ainda pelo leme que firmam direção
Tampouco pelo vento que exibem sua bandeira

Toda vez
que se afastam do cais e exibem o peito nu
entregam
sua sina e seu destino ao seu deus de fé
e confiam
sua volta aos olhos
                que precisam
                voltar a ver:

(não é pelo cais que os barcos ancoram)

                olhos de farol.

Sobre o mar, amar, amores e marés

Subtrai a poesia!
e verás somente o que se é:

o estado bruto,
o lucro líquido
a meta metade
a mecânica da idade

Subtrai a poesia!
e o que pode ser não deriva:

o **mar** sem companhia
amar por compromisso
amores clínicos
marés sem astronomia

Subtrai a poesia
e se ainda se obtém a vida
é só a vida
à
deriva.